KB102519

그대를 닮은 봄

펴낸날	초판 1쇄 2022년 4월 20일
	초판 2쇄 2024년 9월 10일
지은이	남궁정원
펴낸이	서용순
펴낸곳	이지출판
출판등록	1997년 9월 10일
등록번호	제300-2005-156호
주소	03131 서울시 종로구 율곡로6길 36 월드오피스텔 903호
대표전화	02-743-7661 팩스 02-743-7621
이메일	easy7661@naver.com
인쇄	ICAN

ⓒ 2022 남궁정원

값 12,000원

ISBN 979-11-5555-179-0 03810
ISBN 979-11-5555-180-6 05810

※ 잘못 만들어진 책은 교환해 드립니다.

남궁정원 시집

그대를 닮은 봄

이지출판

남궁정원 시인의 시는 예술이다.

시집 속에는 예술가로 살아가는 시인의 아름다운 삶이 담겨 있다.

시들을 읽으면서 이 시를 쓰던 그 당시 시인의 일상 속으로 돌아가 주인공이 될 수 있었고, 그 주인공이 싫지 않았다. 아니, 바쁜 일상을 사는 나에게 휴식을 제공하고 여유를 갖자며 권유까지 했다.

남궁정원 시인과는 오래전 행사 의뢰로 처음 만났지만, 시는 3년 전부터 쓰기 시작했다. 캘리그라퍼로 좋은 글귀를 많이 적어 보아서인지 빨리 감성시를 이해하고 쉽게 받아들였다.

일터에서, 요리를 하거나 여행할 때, 친구들과 만나거나 이야기터 휴(休)를 산책하면서 느낀 감동을 시로 적었다. 그러기에 시집을 읽는 독자 역시 나처럼 달콤한 행복을 선물로 받을 게 분명하다.

이 기회에 '윤보영캘리랜드연구소' 사무국장으로 궂은일 마다하지 않고 회원들의 뒷바라지를 해 준 데 대해 감사한 마음을 전한다. 그리고 앞으로 남궁정원 시인이 우리나라 최고의 감성시인이 되어 그 역할을 다할 수 있도록 이끌어 드릴 것을 약속한다.

커피시인 윤보영

벌룬아티스트, 페이스페인터, 캘리그라퍼, 토탈공예 강사, 이벤트 기획자 등 내 이름 앞에 붙어 있는 수식어에 새롭게 붙인 '시인'이란 단어가 나는 물론 주변 사람들까지 놀라게 하기에 충분하다.

해 보지 않은 일에 주저하지 않고 용기를 냈던 지난 시간이 너무도 귀하고 대견하게 느껴진다.

이 시집에는 나의 하루하루가 일기처럼 담겨 있다. 풍선 수업과 주말마다 찾아가는 이야기터 휴 풍경, 산책을 하고 새집을 만들며 느낀 생각, 여행을 하거나 강의를 다니며 접했던 주변 풍경들을 시에 옮겼다.

상상하지도 못하고 꿈꾸지도 않았던 시인이라는 타이틀! 시를 배우고 익혀서 시집을 낼 수 있게 도와주신 윤보영 시인님께 다시 한 번 진심으로 감사드린다.

몇 년 전 시인님과의 인연으로 시를 배울 기회가 찾아와 망설임 없이 등록했다. 그리고 첫 수업 시간, 쑥스럽기도 하고 오글거리기도 해서 내가 왜 여기에 와 있나 하다가, 어느 날 용기를 내어 첫 시를 제출하고 그동안 배운 수업 내용을 찬찬히 읽어 가며 차츰 시와 친해질 수 있었다.

더 멋진 일상을 살고 싶어 도전한 시집 출간이 무사히 마무리되어 다행이다. 이 시집을 만나는 모든 분들이 행복해지기를 진심으로 바란다.

2022년 봄날
남궁정원

■ 차례

2부 삼천포에 함께 가지 않을래요?

3부 홍시처럼 달콤한 그리움

4부 달달한 크림빵이 어울리는 날

5부 그대 가슴에 담긴 나

1부

그대 향한 내 마음

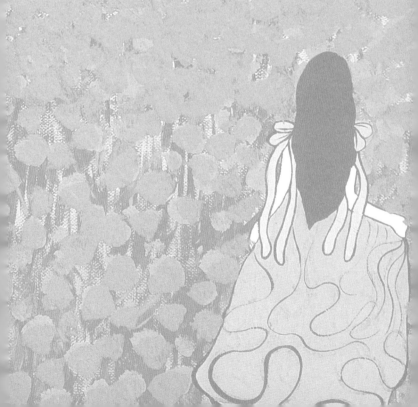

가슴 떨린 사랑

두근두근
내 심장 뛰는 소리
당신에게만
들리면 좋을
내 안의 소리
"사랑해"
고백하는 소리

전화

눌렀다 지웠다
눌렀다 지웠다

지금 나는
그대 생각과 씨름 중

전화를 받으면
뭐라고 말할지
준비도 못 했으면서

보고 싶다

자동차로 갈까?
지하철로 갈까?
아니면 그냥
걸어서 갈까?

당신이 보고 싶어
오늘도
달려갈 생각만
하고 있는 나

어쩌면 좋아

커피 한 잔 앞에 두고
좋아하는 마음 들킬까 봐
시치미 떼고 있는 나

어쩌면 좋아
붉어진 얼굴

어쩌면 좋아
그대 생각하다
식어 버린 커피

그래도 웃으며
마시고 있는 나

그리운 날은

하늘에는
별이 초롱초롱
내 마음에는
그대 생각이 주렁주렁

할 수 없다
오늘은
둥근달을 가슴에 달고
그대 얼굴 그릴 수밖에

봄이 오는 소리

그대 웃음에 눈이 녹습니다
그대 미소에 바람이 붑니다
그대 속삭임에 꽃이 핍니다

그래서 나는
그대 닮은 봄이랍니다

들리나요?

들리나요?
봄이 오는 소리가

보이나요?
꽃이 피는 모습이

들리나요?
봄이 내 가슴이고
꽃은 그대라며 속삭이는
내 목소리가

목련차

순백의 치마
한 겹 두 겹 펼치더니
수줍은 듯 미소 짓는 너

직접 만났으면
더 좋을 너

만둣국

만둣국을 먹는다

수저로
만두를 터트리면
만두 속이 와르르르

그대 향한
내 마음을 터트리면
그리움이 와르르르!

기다리는 마음

같은 시간
같은 자리에서
늘 마시던 커피!

약속하지 않았지만
오늘은 그대가
올 것만 같다

빈 커피 잔을 보며
나 지금
그대 기다리는 중

엄마

괜찮다! 괜찮다!
걱정 마라! 걱정 마라!

하루 종일
대문만 바라보시는
엄마를 위해
오늘은 차표 한 장
끊었습니다

가슴에
기차가 달립니다

그리움

보고 싶다
보고 싶다

바람아!
그대에게 전해다오

보고 있는
나뭇잎이 흔들리면

그대 보고 싶어
심장이 뛰고 있는 거라고

먼 훗날에

지금처럼
그리워하며 지내다가
그대를 직접 만나면
가슴에 행복이 넘치겠지

잊지 않겠다고
그대에게 한 약속 지키며
그대 생각 꺼내기
오늘도 실천하는 중

사랑꽃

나뭇가지에 싹이 돋듯
내 가슴에
작은 씨앗 하나

꽃봉오리를 열며
꽃이 피듯
내 마음에
꽃을 피웠습니다

보고 싶은 마음이
사랑 꽃을 피웠습니다

빗소리

창밖에서 들리는 빗소리는
그대 오는 발자국 소리

아니,
내 곁에 앉아
이야기하는 소리

아니 아니,
그대 보고 싶어
내 안에
편지 읽어 보는 소리

너

멋지다
잘 웃는다
노래도 잘 한다

그림을 잘 그린다
예쁜 글씨도 쓴다

인기가 많다
자꾸 눈이 가게 한다

나 오늘
내 안의 너를 불러놓고
행복 확인 중

해바라기

큰 키에
활짝 핀 꽃잎
길게 뻗은 줄기
너무 많은 매력들

눈이 부셔
바라볼 수 없는 너를
그대도 아닌데
어쩌란 말이냐!

좋다

꽃이 좋다
바람이 좋다

안개가 좋다
비가 좋다

바다가 좋다
여행이 좋다

그래도
이 중에 나는
당신이 제일 좋다

봄날

봄은
꽃을 피우고

나는
그리움을 피우고

너는
그런 나를
사랑해 주고

봄날
나 혼자 상상하다 웃는다
가슴에
봄꽃이 핀다

우산

우산은
비를 막아 주기 위해
준비하고

그대 생각은
지친 하루를 위로하기 위해
준비하고

우산 쓰고
당신 생각하는 하루

콩과 팥

콩 심은 데 콩 나고
팥 심은 데 팥 난다고 했는데

왜?
내 마음은

콩을 심어도 그대 생각
팥을 심어도 그대 생각

어디부터 잘못된 거죠?

가을이 그리운 이유

들판의 벼는
뜨거운 햇볕 덕분에
익어 가고

내 그리움은
그대 보고 싶은 마음으로
물들어 가고

그래서일 거야
가을 들판이 아름다운 이유

그래서일 거야
가을이 그리운 이유

치킨과 맥주

시원하게 친구랑
기분 좋게 이웃이랑

하얀 거품
톡 쏘는 맛
부드럽게 또는 시원하게

맥주 시켜 놓고
당신 오기를
기다리고 있는 나!

구절초 사랑

먼 길 마다 않고
보고 싶은 마음 앞세워
달려가는 나

눈물 없던 나에게
눈물을 주고
웃음 없던 나에게
웃음을 주는
사랑, 참 무섭다

구절초 꽃에 펼칠
그런 사랑
봄부터 기다리는 나도
참 무섭다

그대를 닮은 봄

2부

삼천포에 함께 가지 않을래요?

청춘

오늘이 내 인생에
가장 젊은 날이라고 하네요
맞습니다
당신을 가슴에 담고 사는 나는
하루하루가 사랑이고
하루하루가 청춘이니까

추억 단추

실과 바늘이 늘 같이 다니듯
단추와 그대도 늘 같이 다닌다

동그란 단추는 그대와 기차 여행을
네모난 단추는 그대와 바닷가를

실과 바늘이 떨어질 수 없듯이
단추와 그대는
추억의 책장

비가 내리면

비가 내리면
우산을 찾지요

하지만 나는
비가 내리면
우산을 함께 쓰고 갈
그대를 찾지요

오늘은
그대를 만나게 해 주는
비가 참 좋아요

꽃차 생각

꽃차를 만들겠다는
생각을 했는데
갑자기 날아든
벌과 나비

내가 꽃 닮은 걸
어찌 알았지?

기분이 좋아
입이 귀에 걸렸다

호랑이

호랑이도 제 말 하면 온다고 했는데
그대 생각하는데
그대가 온 거 있죠!
그대 혹시
날 좋아하는
호랑이인가요?

티끌 모아 태산

티끌 모아 태산이라고 하죠
그래서 오늘부터
그대 생각을 모으기로 했어요

그대 생각으로
동산이 아니라
태산을 만들어 보려고요

삼천포

이야기를 하다가
엉뚱한 이야기를 하면
삼천포로 간다고 하지요

하지만 어쩌죠?
나는 늘
무얼 해도 그대 생각이니

노을이 아름다운 곳
바다를 보고 있는 소녀가 있는 곳
삼천포로 함께 가지 않을래요?

영덕에 왔어요

영덕은 맛있는
대게가 유명하지요

바람이 많이 부는 곳이고
추억이 가득한 곳이기도 해요

좋은 사람과
맛있는 음식을 먹고
함께 이야기를 나누고
부서지는 파도를 바라보던 곳

영덕에 왔어요
가슴에서 그리움이
파도보다 높이 철썩이네요

포항 호미곶

포항 호미곶
상생의 손이 있는 곳
갈매기가 날아다니는 곳
많은 사람들이 소망을 기원하는 곳
파도가 아름다운 곳
붉은 해가 웅장하게 떠오르는 곳

하지만
이곳이 좋은 이유는
이곳까지 와서도
그대 생각이
먼저 났다는 사실!

난로

난로는 장작을 태워
손을 따뜻하게 하고

그대 생각은 내 가슴을 태워
마음을 따뜻하게 하고

그대 생각이 이겼다!
뜨거워진 내 마음을
이제 어떻게 할 거죠?

추위

귀마개도 하고
장갑도 끼고
털부츠도 신었는데
계속 추워요!

아!
내 마음속에 간직한
그대 생각을 꺼내지 않았네요

그대 생각을 하면
추위는 물러가거든요!

안경

보고 있는 것을
더 선명하게 보여 주는 안경

아침부터 저녁까지
늘 함께하는 단짝
내 안경이 되고 싶다고요?

그건 아니죠
당신 향한 내 마음
그렇게 자세히 보시면
들키잖아요

참!
사랑은
드러내기라 했죠?

명절

막힌 길도 좋아요
먼 시골길도 좋아요

그리운 친구
보고 싶은 부모와 형제
만나러 가는 길은 꽃길!

가다 서기를 반복해도 좋아요
기다리는 봄처럼
가다 보면
고향이 나올 테니까

손목시계

하루 종일
시간을 알려 주는 손목시계
하루 종일
시간만 확인하는 나

약속 시간 다가오면
가슴이 더 크게 뛴다

뛰는 가슴
보고도 모르는 척
입 무거운 시계!

가로등

골목길에 서 있는 가로등은
나에게 소곤소곤 말하고

내 마음속 가로등은
당신에게 큰 소리로 말하고

"사랑해"
둘 다 같은 말을 하고 있다

창문

창문을
열었다

환한 낮에도
까만 밤에도

내 마음속 그리움과
함께 머물러 달라고
부탁하기 위해 열었다

옥수수

여름밤이면
한 솥 가득 옥수수 삶으시며
모깃불 지피시던 엄마!

그 여름밤
옥수수 하나로
언니와 동생이
함께 먹던 어린 시절 그리워

옥수수 한 솥 삶아
오늘은
엄마 생각 펼쳐 놓고 있다

선풍기

시원한 바람을
선물하는 선풍기

하지만 오늘은
선풍기 바람 느껴지지 않는다

당신 목소리는
에어컨보다 더
내 마음을
시원하게 해 주는데

방금 그 목소리
직접 들었으니까

당신 우산

비가 오면
생각나는 우산

그런데 어떡하죠?
당신 생각은
비가 오나
눈이 오나
아니
바람이 부는 날에도
계속되는 걸

그러니
우산 없이는 살아도
당신 없이는 못 산다는 말
사실일 수밖에요

그대와 가로등

오늘같이 어둡고
인적 없는 밤
무서움 탈 수 있는 가로등

가로등이
그대라 생각하니
나도 가로등이 되고 싶다

그대를 위해서라면
그대를 위한 일이라면

가을

여름장마가 끝나고
창문으로 시원한
바람이 들어온다

길가 코스모스 산들거리던 날
가시 찔려가며
알밤 줍던 내 동무들!

친구들 볼 생각에
피곤이 지워지고
그 자리에 날개가 달린다
기분 좋은 퇴근길

들꽃

항아리 곁에
들꽃이 피었다

이 사람 저 사람
사랑받는 꽃

내 가슴에도
들꽃이 피었다
그대 생각이 피운 꽃

오직, 나만
좋아할 수 있는 꽃

그네

끌어주고
밀어주고

오늘은
그네 밀어주던
친구가 생각난다

어릴 적 추억에
미소가 지어진다

그네 밀던 그 친구
어디선가 그네 타듯
행복하게 잘 살고 있겠지

풍경

바람에 흔들리는
풍경!

무엇이 그리 기분 좋은지
춤을 춘다

그대 생각
내 안에
풍경으로 달아야겠다

그대를 닮은 봄

3부

홍시처럼 달콤한 그리움

당신 이야기

낮말은 새가 듣고
밤말은 쥐가 듣는다고 했지요

하루 종일
당신 이야기만 했는데
질투하면 어쩌죠?

아침에도
저녁에도
생각나는 당신!

들으면 어때요
새도
쥐도
내 가슴속에 있을 텐데

돌다리

돌다리도 두드려보고
건너라고 하는데

솜사탕처럼 달콤한
당신 생각으로 건너다
물에 빠진 거 있죠!

괜찮아요
당신 생각 가득한
그리움 속이니까

볼링공

열 개의 볼링 핀이
줄지어 서 있어도
당신이 좋아하는 숫자
금방 찾아낼 수 있지요

공은 내 마음이고
핀은 당신 마음이니까

산책

운동화를 신고
산책을 나섰다

나무도 보고
꽃도 보고
새소리도 듣는다

그러다 문득
뒤를 돌아보는 이유!

손잡고 걷던 그대가
생각나서

맨발걷기

가지런히 신발을 벗어 놓고
맨발로 산길을 걷는다

흙에 닿은 발바닥
느낌이 좋다

딱따구리 소리가 들리고
시원한 바람이 분다

바쁜 일상 내려놓고
그 자리에
그대 생각 꺼내
함께 걷는다

보이지 않는
웃음을 펼쳐가며 걷는다

터널

당신 향한 내 사랑을
저 산도 알았을 거야
그대 만나러 가는 길
터널 뚫어
더 빨리 갈 수 있게
해 주는 걸 보면

톨게이트

자동차는
톨게이트를
통과해야 하고

내 사랑은
당신 마음속을
통과해야 하고

자동차는
요금을 내지만
내 사랑은
요금이 필요 없어요

오히려
오시기만 한다면
돈을 드릴 수도 있어요

계란 프라이

계란은 프라이팬에
노란 동그라미 하나

그대 생각은
그리움에
작은 조각배 한 척

계란 프라이는
입을 즐겁게 하고

그대 생각은
내 하루를 행복하게 하고

사랑해 피아노

하얀색 건반을 사랑해
검정색 건반도 사랑해

피아노 건반을 칠 때마다
그대 생각 꺼내다 보니
방안 가득
"사랑해!"

청소기

이른 아침부터
윙윙거리며
온 집안을 돌아다니는 청소기

여기서는 쓱쓱
저기서는 싹싹

하루 종일 다녀도
처음 그대로다

아프도록 그리운
내 가슴에 두고
그대 생각 치워 달라
부탁했는데

꽃차

꽃잎을 하나 둘
펼칠 때마다

추억 하나
사랑 하나
향기로 놓인다

그대 그리운 날을
꽃 위에 놓는다

놓았으니
그대가 마시면 좋겠다

추억커피

바닷가도 생각나고
놀이공원도 생각나고

비 오는 날도 생각나고
눈 오던 날도 생각나고

커피를 마시는데
그대와 함께했던 날들만
생각난다

커피는 일기장도 아니고
추억앨범도 아닌데
어쩜 이리 자세히도
기억하고 있을까?

바보커피

따스한 가을 햇살에
하루 종일 꾸벅꾸벅

안 되겠다!
그대 생각나는
커피라도 마셔야겠다

이런, 이런!
커피를 내리기도 전에
그대 생각에 취했다

텃밭

상추 심고
고추 심고
배추도 심고

방울토마토에
가지까지 심었다

이제 남은 자리는
모두 그대 생각을
심어야겠다

사랑비

가랑비에
옷이 젖는다고 하지요

사랑비엔
가슴까지 젖는다 하고

젖어도 좋으니
오늘은 사랑비가
소나기로 쏟아졌으면 좋겠어요

단풍

가을은 나뭇잎을
꽃으로 보이게 하는 마법사다

내 앞에 빨간 나뭇잎이
어찌나 아름다운지
꽃 같다

낙엽이 진 자리
꽃이 지듯 허전한 걸 보니
한번 피면 늘 그대로인
그대와 달리
단풍은 단풍이다

그 가을

단풍이 물들 듯
커피 향이 진하게 느껴지면
가을이 찾아온 거예요

혼자 마시던 커피가
둘이 마시고 싶어지면
가을이 찾아온 게 맞아요

내 안에 있는 당신을
꺼내 보고 싶어진다면
가을이 찾아온 거 분명해요

참, 그 가을
그대인 거 아시죠?

새집 만들기

새집을 만든다
예쁜 색으로
알록달록 칠했다

색칠을 한 후에
꽃, 나비, 새를 그리고
새를 기다렸다

"안녕?" 하며
너처럼
어디선가 새가
날아올 것 같다

웃는 새집

나무에
새집 하나 달고
먼 하늘을 본다

구름이
빙그레 웃는
당신 얼굴처럼 보인다

새집 속에
새가 날아들 듯
웃는 그대를 만났으면 좋겠다

홍시

홍시는
사랑이고
그리움입니다

홍시는
보고 싶은 마음이고
안부입니다

홍시를 좋아하는 아버지!
당신에게
홍시 대신
홍시처럼 달콤한
그리움을 배달합니다

보고 싶은 가을

찬바람이 붑니다
나뭇잎이 물들고
하늘이 높아진 걸 보면
가을이 찾아온 게 맞습니다

어제도 많이 보고 싶었고
오늘도 이렇게 보고 싶은 걸 보면
곁에 가을이 있는 게 맞습니다
그대라는 가을이 말입니다

그대를 담는 잔

아메리카노는
아메리카노 잔에

에스프레소는
에스프레소 잔에

카푸치노는
카푸치노 잔에

그대 생각은
어디에 담아도 맛있을 테니
아무 잔이나

다이어트

살치살, 갈비살, 부채살
안심, 등심, 삼겹살

고기를 고르다가
웃음이 나왔다

다이어트는
내일부터 해야겠다

맛있는 고기는
꿈에라도 좋으니
그 기억 담았다가
그대와 함께
먹어야 하니까!

책꽂이

한 권 두 권
책을 꽂아 둔 자리

다시 보니
당신 생각만
꽂혀 있다

오늘 대여
어렵다

그대를 닮은 봄

4부

달달한 크림빵이 어울리는 날

찐빵

찐빵 속에는
달달한 팥 앙꼬가 가득

내 가슴에는
고소한 그대 생각이 가득

찐빵이 달까
그대 생각이 달까
웃었다

그대 생각에
비교하는 자체가
말이 안 되는데
웃음이 나와서 웃었다

태양초 고추장

고추는 햇볕을 봐서
얼굴이 붉어지고

나는 그대 모습을 봐서
얼굴이 붉어지고

고추는 드러난 모습이 더 붉고
나는 감춘 모습이 더 붉고

번호표

번호표를 뽑았다
대기번호가 10번이다

한참을 기다려야 하는데
띵동!
내 번호가 켜졌다

그대 생각 방해한 번호
봐줄까 말까?

114

찾아야 할
전화번호가 있다면
114 콜센터로 연락하고

찾아야 할
그대 생각이 있다면
내 마음속으로 연락을 하고

114는 가끔 통화중이지만
내 마음속은
늘 그대 위해 대기중!

장마

비가 오면
내 생각만 난다고 했는데
오늘부터 장마라네요
당신!
너무 좋아 어쩌지요?

가방

화장품을 넣고
핸드폰을 넣었는데
가방이 닫히지 않는다

그대 생각으로
이미 가득 찬 가방
작아도 들고 나가야겠다

다행이다

자동차가
가다 서다를 반복한다
도착시간이 늘어나도
다행이다
이 도로 내 안에 있고
당신과 함께 가는데 뭘!

예쁜 말

감사합니다
고맙습니다
덕분입니다
응원합니다

멋져요
잘 할 수 있어요
최고예요

당신에게 해 주고 싶은 말
당신에게 들으면
더 좋을 말

첫사랑

첫눈에 반했습니다
떨려서 말을 걸지 못했습니다
웃는 모습에
이유 없이 얼굴이 뜨거워졌습니다

하지만
오늘은 꼭 고백하겠습니다

장미 너!
이렇게 예뻐도 되는 거니?
첫눈에 반했잖니!

생일

빨리 일어나라!
책상 좀 치워라!
늦겠다 빨리 출발해라!

하루에도 몇 번씩
소리를 치지만
태연한 우리 딸!

오늘은 해가 서쪽에서 떴다
미역국을 끓여 놓고
기다리고 있는 걸 보니

눈

그대 사랑이
하늘에서 쏟아지면
함박눈처럼 내릴 거야

내린 눈이 쌓이면
눈사람도 만들고
눈싸움도 해야겠지

눈이 그대 생각이라면
쉬지 않고 내릴 텐데
밤새도록 눈싸움 해야 하나?

한글날

"사랑해!" 하고 적으면
사랑이 되고

"미워해!" 하고 적으면
미움이 된다

그래서 오늘부터
"사랑해!"
라고만 적어야겠다

나도
한글 덕 보고 싶다

꿀맛 배추전

부침가루에
배추 잎을 담고

사랑 한 스푼
그리움 한 스푼
보고 싶은 마음 한 스푼

노릇노릇
그대도 없는데
그대와 함께 먹듯
배추전이 꿀맛이다
꿀맛!

청소

쓸고 닦는 것이
청소라고 하는데
순간접착제로
붙여 놓은 그대 생각은

빗자루로 쓸 수도 없고
진공청소기로 치울 수도 없고
물걸레로 닦을 수도 없다

나 이제
어떡하면 좋아요!

밤샘 작업

물감 짜고
붓 고르고
쓱 붓질 한 번

오늘은
보고 싶은 그대 얼굴!
그려야겠다

걸 필요도 없게
지워질 필요도 없게
그리움에 그렸다

그대에게 가는 길

앞만 보고 달려요
가다 서다를 반복하다
시원하게 달릴 때도 있어요

통화하면 안 돼요
TV를 봐도 안 돼요
책을 보는 건 더 안 돼요

오늘도
나는
사랑 운전 중

빵

단팥빵
고로케
크림빵

달콤하다
담백하다
향긋하다

그대를 만나러 가는 길은
진한 커피 향과
달달한 크림빵이 어울리는 날

응원 메시지

어제는 파이팅을
오늘은 하트를
내일은 스마일을 보내 주겠지?

위로하고
응원하고
사랑하고

그대 닮은 이모티콘은
행복 충전 전도사

꿈

보고 싶은 그대여!
드디어 만났네요

꼭 잡은 두 손
놓지 않을 게요

이렇게 오래
함께 있고 싶어요

꿈이 아니길
그러다 깼다
꿈이었다

오늘 밤 꿈에서
다시 만나면
절대 손 안 놓을 거다

겨울

눈이 내리면
추운 겨울인가요?

두꺼운 외투를 입으면
추운 겨울인가요?

벽난로에 불을 지피면
추운 겨울인가요?

아니 아니요
보고 싶은 그대를
만날 수 없다면
추운 겨울이지요

손이 시리고
마음까지 시리고
그대까지 없는데
추운 겨울이 맞아요

겨울이란

겨울이란
그대 향한 그리움이
차가운 바람 되어
불어오는 계절

그래서 내 안에
봄을 만들기 위해
그대를
만나야 할 계절

눈사람

너는
눈을 굴려서
눈사람을 만들고

나는
그리움을 뭉쳐서
그대 얼굴을 만드는데

보고 싶다
눈 녹기 전에
우리 만났으면 좋겠다

크리스마스 선물

울면 안 된다고 해서
울지 않았습니다

선물을 받고 싶어서
울지 않았습니다

보고 싶은 그대를
만나는 소원을 빌었습니다

보고 싶은 그대
크리스마스 선물로
받고 싶거든요

이벤트

소리 없이 진행돼요
눈치 채지 않도록
조심조심!

소원을 들어주면 좋아요
받고 싶은 선물이면 더 좋고

화려하거나
감동적이거나
진한 여운을 남기는 것도
방법이지요

마음만 먹으면 가능해요
감동을 선사할 수 있게
감동을 선물 받을 수 있게
가슴에 사랑을 담아 드려요

그대를 닮은 봄

5부

그대 가슴에 담긴 나

선물

머리에 리본을 달고
그대에게 달려가면
그대가 좋아하겠죠?

아니,
손에 꽃을 들고 가면
그대가 더 좋아할지도 몰라요

아니 아니,
그냥 꽃으로 갈게요
그대가 좋아하는
웃는 꽃으로

운전

골목길에서나
고속도로에서나
그대 향한 그리움은
언제나 직진

돌아오는 길은
찾지도 못하면서
찾고 싶은 마음도 없으면서

가장 행복한 날

사랑합니다
감사합니다
고맙습니다

오늘은
일년 중
가장 행복한 날!

그대가 세상에 왔고
그런 그대를
축하해 줄 수 있어서

동백꽃

담장 안에
붉은 꽃이 피었다

붉은 꽃이
그대를 닮았다

수줍음은 내가 타는데
그대가 왜 얼굴이 붉을까

그러다 알았다
그대 가슴에 담긴 내가
꽃으로 피어 있었다는 사실을

열정 동백꽃

누구보다 그대를 사랑합니다

동백꽃은 이렇게 말합니다

열정적으로 그대를 사랑합니다

이렇게 생각하는 내 앞에서

피아노

도레미파솔라시도
건반이 소리를 낸다
그대에게만 들릴 수 있는
소리였으면 좋겠다

도시라솔파미레도
그대가 화답을 한다
"사랑해"
이 말
나만 들을 수 있어서 좋다

이모티콘

너 때문에
웃는다

그대도 아니면서
그대인 것처럼 행세하는
너!

그대처럼
귀여우니까 봐준다

겨울나무

앙상한 나뭇가지에
하얀 눈이 앉았다

봄까지 외롭게 지낼 나뭇가지에
친구가 되어 주겠다는 눈

겨울나무는
친구가 생겨서 좋겠다

참,
내 안의 그대와 달리
잠시 머물다
떠난다는 것은 비밀

구절초 언덕

나뭇가지 하나 들고
걸었다

지금 걷는 길이
그대에게 가는 줄 모르고
무작정 걸었다

그대가 활짝 웃고 있는 언덕에
도착해서야 알았다

구절초 꽃밭에
그대 모습이
꽃으로 가득 피어 있다는 것을

행복한 산책

걸어도 보고
뛰어도 보고
쉬어도 보고

하루 중
가장 행복한 시간은
그대 생각 가득 담고
잠시 걷고 있는 시간

내 안의 그대를
만날 수 있어서
커피 한 잔에도
행복한 지금 이 순간

별

하늘만큼
날 좋아했던 그대

별을 따 준다던 그대는
지금 어디에 있나요?

가슴에 그 별 가득 달고
하늘만큼 기다리고 있는데

소원

하늘에서 별이 쏟아지는 날
소원을 빌어라 했지요
오늘이 그날이에요

두 손 모아
기도했는데
내 곁에 이미 와 준 그대

소원이 이루어졌어요!

그리움 우산

하늘을 보니 눈이 부셔요
그래서 우산을 폈어요

우산 아래 있으니
그대와 함께 우산 쓰고 걷던
비 오던 날이 생각나네요

아, 그런데
갑자기 내 안에 비가 내리네요

소원 성취

별 많은 하늘을
가슴에 담고
담긴 별을 보다
그대를 만났어요

수많은 별 중에
가장 빛나는 별
그대를 만났어요

쉿!
나 지금
소원 성취했어요

떡국을 먹으면

떡국을 먹으면
한 살 더 먹는다고 해서
떡볶이를 먹었다

떡국을 먹으면
한 살 더 먹는다고 해서
떡라면을 먹었다

떡국을 먹으면
한 살 더 먹는다고 해서
떡만두를 먹었다

그런데 오늘은
떡국이 먹고 싶다
나이가 들면
깊은 사랑을 안다는데
그냥
한 살 더 먹어야겠다

떡국 나이

뽀얀 사골국물에
노란 고명을 얹고
까만 김가루를 뿌린 떡국
나를 유혹한다

너무 진한 떡국 맛에
한 살 더 먹는 것도 모르고
한 그릇 뚝딱!

해마다
떡국 유혹을 못 이긴
떡국 나이
매년 웃으면서 먹고 있다

커피

호호 불며
커피를 마신다

따뜻한 커피가
그대 생각을 불러온다

창밖을 보며
커피를 마신다

그대가
흔들리는 나뭇잎으로
날 부르는 것 같다

창문이 없었으면
밖으로 나갈 뻔했다

비

보슬보슬
소리 없이 내리는 비

주룩주룩
힘차게 쏟아지는 비

소리 없이 내려도
힘차게 쏟아져도

그대를 닮은 비
그대 생각나게 하는 비

단추

당신은
옷을 여미기 위해
단추를 잠그지만

나는 당신 생각을
담아 두기 위해
단추를 잠그지요

풍선 수업

큰 방울 하나
작은 방울 두 개
접어 꼬기 꼬집어 꼬기
지금은 풍선 수업 중

여기저기
뻥뻥 풍선 터지는 소리
깔깔대며 웃는 아이들 소리

애들아
자리에 앉아라
애들아
장난치지 마라

드디어
수업이 끝났다

다행이다
그대 생각은
말로 하는 것이 아니라서

붉은 홍시

과일가게 지나가다
먹음직스러운 홍시

홍시 좋아하는
당신 생각했는데

왜 내 얼굴이
홍시처럼 되는 거죠?

나는 봄

눈이 녹아서
봄이 온 줄 알았는데

내 마음이
그대를 불러
봄이 왔네요
그대가 왔네요

그대는 꽃
나는 그대를 가슴에
꽃으로 피운 봄

벽화에 적으면 좋은 글

당신 생각했다가 혼났습니다
싱글벙글 웃기만 하다가
실없는 사람이라 할까 봐

★★★

꽃입니다
당신은 분명 꽃이 맞습니다
내 가슴에
영원히 피어 있는 꽃!

★★★

갑자기 비가 내립니다
걱정 없습니다
그대가 늘
내 안에서 우산 들고 기다리는데
걱정할 필요가 없습니다

바늘과 실은 함께 간다는데
내 가슴에 당신 생각을
바늘로 꿰맸으니
늘 함께 갈 수밖에요

★★★

꽃은 향기가 있고
당신은 그리움이 있고
하지만 꽃은
꽃밭에 피어야 아름답지만
당신은
내 안이나 꽃밭
어디서든 다 어울려요

★★★

봄비에는 새싹이 돋고
가을비에는 그리움이 돋고
하지만 어쩌죠
그대는
봄비로 내렸다가
가을비로도 내리는데

당신이 꽃으로 향기를 주신다면
나는 나비가 되어 꿀을 옮길게요
그 꽃이 내 가슴에 있으니
달콤할 수밖에 없고
눈 감고도 찾아갈 수 있으니까

★★★

커피 마실래요?
오늘은
이 말을 꼭 해야겠습니다
내가 나에게 말하는
연습에 불가해서
늘 아쉬운 말

★★★

톡 쏘는
사이다 같은 그대여!
오늘은 커피 한잔 어때요?
그대 생각으로
막힌 가슴
뻥 뚫고 싶은데

당신은 멋지고
나는 아름답다
정답입니다
정답을 알면서도
만나지 못해서
아직까지
채점을 못하고 있어요

★★★

용기 내서
커피 한 잔 하자고 했더니
브런치 하자고 하는 당신!
브런치면 어떻고
커피면 어때요
그대와 브런치 먹고
커피 마시면
일석이조인데

그대를 닮은 봄